U0054640

混凝土與詩人

易人禾木 著

如果我醒來

如果我醒來
窗外是旭日黎明
也是落日黃昏
還是床頭一盞小燈
臨睡前的閱讀
在燈暈下，讀妳
只讀一頁，像蜻蜓
飛掠過一叢野雛菊
再飛進我的睡夢裡

在文字花叢裡
我們玩耍
繞著花兒們討論
如何揮霍漫漫長日
人們的忙碌
與我們無關
我們是一路上
點綴景色的小精靈
或許更重要的

2

出現在校園的畢業季
（此去清風白日
蜻蜓會停在潔白的
校服上不再飛舞
只為青春留下句讀）

當我翻開新的一頁
黎明轉成了黑夜
那遠方的昏黃
是什麼時刻
變換了位置 ──
妳在離開的同時來到

當我醒來
我闔上讀妳的那一頁
蜻蜓不在飛
它停在日夜的邊界
即便昏黃的小燈
無法將其照亮

我依然能識別妳的
方位，在燈暈下
臨睡前，我將妳合起
將漫漫長夜合起
妳卻停在床沿
拍著翅膀
揮霍年華

花不落地

花掉在妳頭頂
妳在秋天盛開
些許惆悵
一點彷徨
青青子衿悠悠我心
太陽從不照射
自己的影子
它只把逝去的時光
照在戀愛中的情侶
夏天的風
吹開了秋天的黃花
花不墜地
她墜落在經過我的
故事裡
當整條道路的惆悵
變成觸摸不及
的緋紅
妳我是不是
也到了說分手的時候

寂寞山丘

寂寞的風吹向哪裡
妳打開窗看到的
是太陽還是夜與夜
的縫隙

寂寞的雨落在何方
妳躲進屋內
進不去的是靈魂
還是情感

寂寞的沙灘
星星和浪濤一起
計畫離去

退潮時
太陽升起
我是不再移動
擱淺的鯨

寂寞的海再度泛白
連旅人也看不清
是我的遺骸還是
一座沙丘

漲潮時
化為烏有
我是不斷移動
沒有波瀾的寂寞

當一對情侶
將愛情踏進
沙丘裡

我才
有了心跳
重回大海

太湖詩抄

妳是漣漪帶來的
我是波瀾帶走的
妳來的時候天空淨白
我走的時候已是夜深

誰看得到那紅
其實是照耀船隻的
燈塔

誰又看得出那無盡
的朦朧
其實是想念妳的夢境

若妳問，我打哪來
我說，從太湖
乘著沒有波瀾的漣漪來
乘著沒有漣漪的波瀾去

妳再問，住哪呀
我默默無語
就在那燈塔
闌珊處

妳又聽見了嗎
我在哪裡

歸期

一

我欲望穿妳的歸期
像太湖波瀾始終
無法將妳推向
我駐足的陸上

讓斜陽
將妳蒸散
才能在每次的呼吸
擁有妳

二

此去清風白日
妳不知歸期
只將行李塞滿回憶

又一載

妳遙寄明月來
以為千里共嬋娟
卻言自由道風景好

注：「此去清風白日，自由道風景好」出自
　　徐志摩經典語錄。

因為妳沒機會靠近我

要很近才能
聞到，妳淡淡的香
妳的內容讓風傳播
離開妳時我便聽見
妳的夢囈
像十月桂花
一句一句開在枝椏
枝椏伸向天際
星月照亮了妳

我聞香而至
我探尋到妳夢囈般
的身軀與背影
那麼的長
回過頭
才發覺那淡淡的
不是桂花香
而是朵朵的冬季的哀愁
提前在秋天飄下

秋葉覆蓋了大地的傷口

秋葉覆蓋了大地的傷口，
傷口滋養出愛的幼苗。
寒風有寒風的凜冽，
我有屬於我的熱情。
妳在溫暖的大地睡覺，
我在凜冽的天際飛翔。
秋葉瑟瑟被吹下，
白雪皚皚在妳身邊融化。
妳的愛情會在春天開花，
我的冬天已是過往。
當我推開覆蓋妳的芒草，
才發現愛妳的變化。
原來我更迭了整個季節的衣裝，
原來我更迭了妳對愛情的盼望。

後記：秋葉覆蓋了大地的傷口，卻從來不給他
　　　復原的機會。原來冬去春來只是一種慰
　　　藉，原來季節從不插手愛情的變化。

妳跟隨夏天

妳跟隨夏天
輕快的灑落一地的黃
花兒開在妳笑顏逐開的季節
季節的更迭無法改變
情人的離合與
一絲思念
我說妳怎麼會出現在這
徒增煩惱
每天還要見一面
數著妳灑落的花瓣
秋意漸濃妳跟著
夏天退場
穿上粉黛衣裳妳將美麗出場
而我，一個路過的人
欣賞黃花與黃花之間
夾雜著的妳的呼吸
妳的投影妳掉落的
也許是一根頭髮
卻是燃燒冬天的導火索

當夏天被點燃
情人的目光點亮了冬夜
妳知道的
那是妳一開始就跟隨了夏天
的緣故

妳說深夜的酒不如清晨的粥好喝

妳說深夜的酒不如清晨的粥好喝
如果能夠重回昨夜
我是不是就不讓妳倒滿
那些比往事還苦的酒
一杯接一杯的喝
不停歇的惆悵像啤酒的泡沫

如果我熬煮一鍋南瓜粥
妳是不是會說深夜的粥
比起酒好喝
因為我給妳裝滿的是幸福
冒泡的是我的輕聲細語
在妳耳邊說一百遍：

如果妳說深夜的酒不如清晨的粥好喝，
那我乾脆把深夜煮成粥好了
那妳乾脆把我熬成粥好了

為銀杏而寫

當葉子落盡
我是一棵裸露的樹
舉起分岔的手
擁抱妳

時間從我的指縫溜走
落下的小扇子
也被風帶走
我希望妳還記得我

從四月渡到十月
季節更迭了他的內容
我用千古不變的手
拼湊了在一起的夏天

妳的身影被煙波覆蓋
不管怎麼找尋
不管我飄落多少歲月
我的思念也結成了白果

遼闊的湖面上
妳是否望向岸邊的我
眾多的我的替身

妳就在煙波上
妳就在煙波上
我看見妳卻觸不著

妳看我千年
我見妳瞬間

這次妳若回望
我必是那一列列路燈
不再當守候妳的活化石

只為今晚
圍繞著妳點亮
直到天涯

當我們談論著時間，我們談論了什麼

我們用時間堆砌起建築
我們用時間譜寫出愛情
我們用時間走完艱難的過去
我們用時間回憶美好

當我們還有時間

我們用夜夜造起來的夢
我們用每一天串起記憶長河
我們用星空畫出未來的幸福
我們用潮汐唱出生活的誓言

當我們還有這些
然而

建築將會廢棄
愛情將會幻滅
過去將會淡忘
美好的夢將會醒

當我們看到這些

唯有時間毫無眷戀
它穿過樹梢
穿過窗子
穿過妳那邊長廊的盡頭

妳從陽光裡走來
用很短很短的幾秒鐘
我將粉身而去
用很長很長的光年計

我們在不同的時空裡
但我們還有時間
當我們追逐著同一個方向
當我們一起談論愛情

注：《當我們談論愛情時我們談論著什麼》是
　　美國小說家Raymond Carver的重要著作。

妳是我無法形容的全部

#

那是一排齊整的樹
宛如妳的手臂
散發著餘暉的溫度

#

那是乘風而至粼粼波光
宛如妳粲然的笑
連躲在角落都被妳逮到

#

那是一條柔軟的草坪
藏著果實與生機
宛如妳的背椎凹陷

\#

那是一片想妳的晚霞
宛如拉到襟前的呵欠
把妳的身體裹在黑夜裡
（聽我飛翔的歌樂）

\#

那是我漫步的峽谷
宛如風化的愛情斷代史
一隻巨龍低下頭來親吻了

\#

妳
妳的
可以看見的部位

飛鳥

鳥兒，某天開始沒有了腳，只能不停在
空中飛呀飛。因為飛太久，真的忘記站
在地上的感覺，某天突然回憶起人間冷
暖，於是這隻鳥就真的，真的，真的站
在半空中，笑著，哭著，不再動。

遲開的櫻花

妳為什麼還未綻放
妳為什麼還不展示妳的美
當她們逐一飄落
飄落在如鏡的湖面
飄落到前世
妳的捲簾遮住了我的視線
我看妳如看花葉
如風撫觸妳的葉面
告訴我，這春天只屬於我
妳就要潛進時間的輪迴裡
偽裝成日常的忙碌
無暇給詩人捎信
無暇在花心留下信息
就讓思念結成明年的果
妳會在疫情消失的一季
我會在那裡等到妳的朱顏
笑出一片春天

離人落花

白白白白白白
白白白白白白白
白白白白白白白白白
白白白白白白白白白
白白白白白白白白白
白白白白綠綠白白白白
白白綠綠白白
綠綠
綠綠
○○○○○○○○○○

鏡子裡的妳和我
眼前的玉蘭樹
來自同一處
我們駐足的土
夢中牽的妳的手
像我觸碰的花
得小心翼翼

我是離人，總是匆匆
離人照落花，不會護花
我只好站在遠處
不再靠近

論陶瓷

願得
陶一般的情人

願有
瓷一般的友人 （以上為木心句）

願摔破的是
我的心

願保存至歷史的
是永恆的妳 （以上為作者句）

論日落

時間可以丈量
落日的速度

下一秒鐘
妳飛掠過
我的視線
才一下
世界就進入黑暗

妳借給了我
的眼眸
在天際亮起

梵谷的天空

小孩放飛風箏
陽光放飛了我的思考

地上柔軟的草地
似有妳在身旁的床

嬉鬧的人群過完一天
我想完妳的一天

我和他們沒有差別
只是我望著的天空

有漩渦般的星月
這樣瘋狂的畫面

放飛著遙遠的思念
到梵谷的星空

憂傷的王子

我總是走在有陽光的道路
看著自己的影子匍匐
而身體總是被交通耽擱
就怕一個意外
影子再也找不到他那
憂傷的王子

「請吻我」
終有一天
我要死去
而妳
是死後而復生

此刻我的氣息
在妳這裡
吐納
我值得妳一吻嗎

吻我
整座山便都轉綠了
吻我
便不再眷戀這蒼白的軀體

我幾乎將妳看透

我幾乎要將妳看透
妳肩膀上的傷痕
妳為愛流下的淚跡
妳欲笑不笑的愁眉
妳的靜默不語
我看看而不說
也許是我看錯了
妳一直是個不易受傷的
魂
我看透的只是一個
世俗的軀體

擁抱

妳脫掉粉紅衣裳
妳摘下金黃的耳環
妳讓鳥兒棲息與歌唱
妳讓陽光穿透照到詩人臉龐
妳是一棵春暖花開的樹
妳是季節更迭後不變的清新
妳換上年輕的綠芽
妳吸引了詩人的目光　再次地
給他一個可以撐起藍色天空
的擁抱
──用妳妖嬈的枝椏

注：為一棵樹素描 2020.04.06

時間 1

我厭倦時間佔據了
我想做的事

我厭倦那些無聊的事
佔據了我的時間

我樂意被那些無聊的事
佔據了我空洞的時間
一如我佔據著妳

時間 2

你擦地時發現了時間，
灰塵卻掌握了你。
你喝水時發現了時間，
煩躁乏味卻掌握了你。
你聽巴赫時發現了時間，
寂寞卻掌握了你。
你沐浴時發現了時間，
歲月卻掌握了你。
你入睡前發現了時間，
夢啊，它掌握了你。
你在情人的肩胛發現了時間，
背叛卻掌握了你。
你抱著她時發現了時間，
愛卻分開了你和她。
如果你發現了時間，
什麼都不要說，什麼也不要做。
當我擦地時發現了我自己，
我掌握了自己的時間。

時間 3

早晨的亮度和
夕照的亮度
是一樣的

把妳的手
從左邊交到
右邊
溫度是一樣的

行走的雲和
伸長的影
是一樣的

把妳的心
從這頭移去
那頭
惆悵是一樣的

變奏

我在每一天的彈奏
刻意走音
不斷變奏
掩飾我的不變

荒誕英雄的午後咖啡

我生活在一杯咖啡
的時間裡
被命運攪動

我在咖啡裡加入
很多荒誕的方糖
讓自己活得甜一點

荒誕不能阻止
苦日子的迴圈
直到生命失去了味道

偷看你沖咖啡的手姿
讓我感受到
生命的美好

即景

乍暖還寒的週日
你沒撐傘
手中的情感晃動
涼風颼颼
把人都吹向過往
昔時酒醒有
溫柔的相伴
有假日愉悅的
摩擦
又將被子蓋滿
眷卷的蛇體
不是說好驚蟄嗎
還貪戀過去的皮
使用著破舊的骨

花謝之春

你讓詩人喝醉
你用寂寞將他灌醉
難道詩人就會說出
實情
他用文字搭建美好的
段落
有花開
也有花謝
句號後是毀壞
毀壞的還不止
這個世界的偽善
值得一提的是
你看到詩人醉時
難以言喻的
真實笑容

八月的詩

「南朝四百八十寺，多少樓臺煙雨中」

五六七月沒詩
端午去了一趟南京
欣賞雨花臺及各寺廟
流了全身的汗
還是擠不出一句詩行
晚上住在航太大學邊上酒店
夜裡涼風清爽
出來找酒喝
看一桌年輕男女玩骰鬥酒
我獨自喝著德啤
我的友伴去了哪裡
過去的瘋狂是一個人
無法完成的
他們喝他們的歡樂
我獨飲我的寂寞
中間的差異不是年齡
而是我承認了過去

我就已經老了
三個月都沒詩
酒倒是喝了不少

斜陽 1

江南大學繞一圈
太陽繼續在西邊
斜照我頭上
長長的身影
伸長到櫻花樹幹上了
那含苞欲盛開的模樣
就像我的情緒愈走愈熱
想開卻開不出來
不知道是喜悅抑或惆悵
於是又繞了江大一圈
回到了地鐵站
的出口

斜陽 2

我歪著身體
看車往左上角游去
人群往右下角滑落
我借酒平衡自己的生活與情變
沒有了重心
怎麼也扳不回歪斜的世界
在我的面前
種植了邪惡的道路
行走著歡笑的人們
任斜陽怎麼照射
都沒有了影子
靈魂的
入口

一滴咖啡滴落在桌上

一滴眼淚般的
咖啡滴落在桌上
光滑冰冷的桌面
冷卻了她的情感
讓她淚成了一副畫面
如果想哭
請將眼淚滴落在我的畫面
讓她在我心中冷卻
成為時間的封印
誰也無法將她抹滅

你說昨夜的酒沒有清晨的咖啡好喝

1.

昨夜靈魂的匯聚
你說好不熱鬧
醉了就抱一起
瞎說自己的過去
還沒有肚皮
多麼亮麗的外表
醉了就吐滿地
把牢騷都給了店家
打掃酸臭的故事
如果有人說他還清醒
那就是他醉了
在每一天
在感情裡
弄不清自己的自己
或是他人的自己
昨夜的 KTV 唱過〈十年〉
有多少情侶最終還能是朋友

有多少仇人最後還能活到
與你作對
亡靈也寂寞的被敬酒

2.

誰說昨夜的酒
沒有清晨的咖啡好喝
那是因為我醉時
妳不在我身邊
我失去了回家的方向
讓上弦月帶走我
帶到 B-612 星球
請畫根繩索給我
套住寂寞靈魂
不羈的心
醉酒醒來
能依偎在妳身邊
酌飲清晨的
黑咖啡

無題

1.

這裡和臺北的天空有一樣嗎
腳下的影子和臺北街頭的不一樣嗎
走在記憶的風裡
走進樹的陰影裡
你就只是一陣均勻的
呼吸

2.

我是只等待被
烤乾的毛毛蟲
蠕動至巨大
的陰影
大地的黑洞
收取天際任何
寂寞空虛的生靈

3.

藝術創作是
搖著一支筆
在白紙上胡思亂想
繼續想下去
就能親吻到妳額頭
我的繆斯

4.

但是天空這麼藍了
還須製造浪花嗎
只要靜靜地望向天
就能看到妳名字
於是我輕輕呼喊了妳

直男

每天買一瓶啤酒
喝光後自己鑽進去
鬧自閉
隔日走出來
當一個直男
剔除男人多餘的情感

混凝土與詩人

有些人生活在工作裡
有些人生活在日子裡
有些人生活在過去
有些人生活在幻夢裡
有些人生活在別人的影子裡
有些人生活在黑暗裡
有些人生活在另一面裡
有些人根本不在生活
有些人生活在故事裡
有些人生活在字義裡
有些人生活在風暴裡
有些人生活在平靜水面上
更多的人不懂得選擇
更多人放棄了生活
我是一件活著的作品
或者還未結束的一首詩
生活在蔚藍色的天際
生活在混凝土的愛情裡

誓言

讓小雛菊開在草地上，讓蜜蜂與蝴蝶去
採摘花蜜，我不去採。

我採摘過去的回憶，苦樂的淚滴，在心
底湖面激起一圈圈漣漪。

誰能摁住它，誰就能停止傷痛，把它還
原回美景，繼續扔下誓言的石。

「你，還缺候鳥遷徙的天空？那就讓石
頭變成雲，我變成鶴。」[1]

我能從逝去的時光，喚回多少我的真
情？讓我帶領候鳥沖進風暴。

讓風暴變成熱情，讓現在就成為雋永。

我願是那雲，那塊石頭，飛越妳的天
空，定定的墜入湖中。

注 1：「你，還缺候鳥遷徙的天空？那就讓
　　　石頭變成雲，我變成鶴。」乃德語詩人
　　　保羅 · 策蘭詩句，源於詩作〈在最後
　　　一道門〉，原題「終曲（Finale）」。

遠方的黎明是我的夜晚

遠方的黎明是我的夜晚
聽不見的風是耳邊的問候
從不抬頭望向天
因為我要小心走在荊棘的
愛情路上
妳是怎麼度量長夜
用寂寞的深度
乘以喝醉的瓶數
妳是怎麼度量炎夏白日
等一個不存在的人
陪妳對飲一杯咖啡
直至暴雨沖走所有
妳是怎麼從黑踱到白
而把自己搞得灰頭土臉
分不清黎明旭日
與我為妳留下的床頭小燈
妳是怎麼把黑夜喝成了
白晝，喝成了熱鬧嘈雜的
街道，喝倒了平凡的日子

妳又怎麼讓我惦念
難忘失眠的夢裡
仿佛有人帶來了風
在我枕邊耳語
許是妳在黎明前打開的窗
許是妳的呼吸送到
我這裡
遠方的黎明是我的夜晚
聽不見的風是耳邊的問候

夜空仍是晴藍的

我經過廣場時
大媽已跳完舞
夏天吐出它的枯葉
在我經過的路上盤旋

夜空是晴藍的
少女的心是粉紅色的
挽著愛情一路招搖
再熱也化不掉的濃情

我的心是灰色的
是新鞋被弄髒了的顏色
但我必須踏步向前行
才能發現心儀的小清新

我從不期待夏天的熱情
我只等待仲夏夜的夢
當我走回廣場時
霓虹已熄滅所有的精彩

夜空仍是晴藍
爽朗的顏色

斷章

蜻蜓在陽光的五線譜上，
蝌蚪在墨綠的多瑙河中。

垂柳是播放樂曲的唱針，
我是垂釣意象的詩人。

送別

每天她練習
練習同樣的彈奏
就像我練習同樣的
送別，相遇以及再見
想念妳，已經不是今天早晨
唯一的事，我得噴一點香水
吃著重複的可頌麵包
看妳從門窗外走過
今天妳是否還穿著碎花長裙？

我的窗子很亮很亮
在她還沒練習鋼琴以前
窗子就照亮我的宇宙
讓一天開始了時間的競賽
我坐起，開始在床上想
我們是否可以醒在同一個白天
如果妳還在床上就會拉住我
再睡一會兒，如果

這世界已經那麼光亮
我又怎麼找尋黑暗來隱藏自己

這世界穿透我，亮到穿透每個人
連妳都看不見我
的不快樂我的哀傷
然後我就像狐狸那樣
消失在小王子的面前

每天早晨，她練習同樣的彈奏曲：
長亭外，古道邊，芳草碧連天
妳對我說要相信這個明亮的世界
當地球在轉時，我們身處的
戰亂會轉換成和平。如果妳還在
就會和我一起聽到送別的曲子

芳草碧連天
妳已經到了如夢的地方
一個沒有戰亂與病痛的地方

我該如何將漣漪刪去

我該怎麼將漣漪刪去
當柳葉低垂
撫弄你的眉間
你的倒影亦被風撩動
然後你就走向我

若不要漣漪便不要風
請你也不要站在這裡
不要哭成淚雨
再叫我踏過你過去的吻
踩過你過去的擁抱

在感覺冷的時候
我該怎麼將你刪去
晨光一如往常升空
睡眠不能安撫過度膨脹
的壞夢

我的心就像眼前的漣漪
容易被吹痛
你是那眾多枝株的哪一朵
將我插進這一片泥濘
我便擁有了綻放的喜悅

死期

當親人一個個逝去
我們也開始思考自己的死期

像那燃燒後的灰燼我即
聞到你親愛的過去

紫荊花

我發現妳時
已經是掉了一片花瓣
的妳

蜜蜂逗弄著妳
的心房

我聞著妳
的香

沙漏

我們是兩個世界的人
分別住在沙漏的另一邊
當我的白天漏向你的黑夜
你的睡眠堆疊我的失眠
我屏住呼吸的激灩
你緊閉夢寐的雙眼
在揚帆的海風下
我是漂泊的樹種
在遺失的長夢裡
你是清晨的笛鳴

讀〈誰要是你〉有感

你
為了自由而放棄自由
為了冬天而放棄火焰
為了愛情而放棄永恆
為了生存而放棄自我

為了自我，我放棄了
所有跟我有關的情感
所有現在發生的美好
所有計劃中的未來
所有時間賜予的榮耀
所有你們拍響的掌聲
所有光鮮的外表

我是一具孤傲的骷髏
站在廣袤大地
任烏鴉來停駐
把灰色天空叫的多麼淒涼

一具自我的骨架
是火燒不盡
雪也無法附著
風一吹卻呼呼作響
因為我的眼眶看著炎涼

而你始終無法親吻我
那就啄我眼珠，在它發亮之前

注：最後一句「那就啄我眼珠，在它
　　發亮之前」出自德語詩人保羅‧
　　策蘭詩作〈誰要是你〉，作於
　　1948 年。眼珠釋義為「意中人」。

雨天

有人買了我的書
在研究我的過去
過去的流水已經乾涸
我活在現在的水窪裡
一到雨天我便會
哇哇叫
就像剛出生的那樣

絕症

他們在徵收夜晚
他們在討論姦情
他們在推卸肇禍原因
他們在欣賞人群中的自己
他們的步履有多快就多快
他們的動作劃一
他們的目標統一
唯一的目的地
他們說同款言語
他們生活在大堆節慶裡
他們誰也不相信誰
於是
他們生病了
大家都流行打噴嚏
醫院的疫苗用盡
沒有東西可以治癒他們

棄嬰

風被遺棄
雲被遺棄
陽光被遺棄

樹被遺棄
車子被遺棄
道路被遺棄

屋子被遺棄
玩偶被遺棄
笑聲被遺棄

123被遺棄
我愛妳被遺棄
算術被遺棄

花兒被遺棄
將它壓在書間
我收養

70

後記

　　秀威責任編輯人玉傳來《混凝土與詩人》封面，我當下感動而雀躍，這張封面不止有張力，而且可以說是一首詩，他反映了我當下的心境。

　　漂流的詩人在大漠中看見一幢幢的混凝土，以及經過一對對混凝土結構的愛情。

　　什麼是混凝土愛情，就是鐵了心也要愛，死了都想愛，但對象是誰，是否有結果的愛情。我們在這個文明社會與快速發展的都市生活中不都是速食愛情，沒有長久永恆的愛情。但我堅信有一種信仰，叫命中註定，我遇見了一個人，那個人讓我在冰冷的混凝土中發掘出來熱，一股熱從核心發出，他燒灼著一顆赤子之心。

　　於是，當路人觸摸著這幢建築牆壁的時候，他感覺到一股莫名的感動，手心雖是冷冰，內心卻是澎湃，然後他感知了有一個詩人被封存起來，在混凝土中，那個人就是我。

　　每當你們經過一面牆壁的時候，不妨試試，把臉靠在牆上，聽我為你朗讀一首堅硬不變如混凝土的詩歌。

2021.11.20

讀詩人146　PG2674

 混凝土與詩人：2019-2020

作　　　者	易人禾木
責任編輯	孟人玉
圖文排版	蔡忠翰
封面設計	蔡瑋筠

出版策劃	釀出版
製作發行	秀威資訊科技股份有限公司
	114 台北市內湖區瑞光路76巷65號1樓
	電話：+886-2-2796-3638　傳真：+886-2-2796-1377
	服務信箱：service@showwe.com.tw
	http://www.showwe.com.tw
郵政劃撥	19563868　戶名：秀威資訊科技股份有限公司
展售門市	國家書店【松江門市】
	104 台北市中山區松江路209號1樓
	電話：+886-2-2518-0207　傳真：+886-2-2518-0778
網路訂購	秀威網路書店：https://store.showwe.tw
	國家網路書店：https://www.govbooks.com.tw
法律顧問	毛國樑　律師
總 經 銷	聯合發行股份有限公司
	231新北市新店區寶橋路235巷6弄6號4F
	電話：+886-2-2917-8022　傳真：+886-2-2915-6275

出版日期	2021年12月　BOD一版
定　　　價	220元

版權所有・翻印必究（本書如有缺頁、破損或裝訂錯誤，請寄回更換）
Copyright © 2021 by Showwe Information Co., Ltd.
All Rights Reserved

Printed in Taiwan

讀者回函卡

國家圖書館出版品預行編目

混凝土與詩人 : 2019-2020/易人禾木著. -- 一版. -- 臺
北市 : 釀出版, 2021.12
面 ; 公分. -- (讀詩人 ; 146)
BOD版
ISBN 978-986-445-562-1(平裝)

863.51   110018477